貧困《ひんこん》をなくそう

はアイスを なめている

安田夏菜《やすだかな》・作
黒須高嶺《くろすたかね》・絵

講談社

郵便受《ゆうびんう》けから、茶色い封筒《ふうとう》がはみだしている。引っぱりだして差出人を確《たし》かめると、〈教育委員会　学校給食課〉と印刷してあった。

「またかよ」

もうおれは六年生だから、開けなくても内容《ないよう》はわかっている。お宅《たく》の銀行口座《こうざ》から、給食費《きゅうしょくひ》が引き落とされませんでした。つきましては早くご入金を……っていう催促《さいそく》だ。

母ちゃんが入金し忘《わす》れたか、入れる金自体がなかったのか——。

絶対《ぜったい》、あとのほうの理由だな。

今日学校で食べたパンと、コーンクリームシチュー、キャベツとキュウリのサラダが思《おも》い浮《う》かんだ。「ただ食い」という言葉も頭をよぎって、うしろ

めたいような気分になる。

ブルンと頭をふって気をとりなおすと、アパートの階段《かいだん》を駆《か》け上《のぼ》った。

あちこち赤さびが浮《う》いた鉄の階段《かいだん》が、ガンガンガンと派手《はで》な音で鳴る。ボロい小さなアパートの二階。はしっこの二〇一号室がおれの家だ。

坂本《さかもと》絵梨《えり》　陸《りく》　美波《みなみ》
そう書かれた厚紙《あつがみ》が、木のドアの横に貼《は》ってある。

「ただいま」

狭《せま》い居間《いま》で、妹の美波が腹《はら》ばいになって本を読んでいた。上目づかいにこっちを見る。

「お兄ちゃん、おそーい」

図書室で借りたらしい絵本をパタンと閉《と》じる。美波はもう三年なのに、絵本しか読まない。

「今日、五、六年は校庭開放の日だったから」

「またサッカーしたの？」

「おう」

「いいなあ」

うらやましそうに口をとがらせた。

「あたしなんか、毎日ひま。いっつも退屈《たいくつ》」

「友だちと遊べば？」

「みんな、習い事とか塾《じゅく》とか、学童に行ってるもん。美波だけ行くとこないんだもん」

おまえも学童に……と言いかけて、やめた。夏までは、美波も学童に行っていたのだ。けれどときどき「行くのやだあ」とぐずるようになった。ちょっと気が強くて、言いだしたら聞かないところのある美波は、たまに友だちともめることがある。

けれど、よくあることだ。普通《ふつう》だったら親がなだめて、休まないよう行かせるだろう。

なのにうちの母ちゃんは、「じゃあ、もう学童保育《ほいく》はやめよっか」と、ホッとした顔をしたのだった。

まだ片手《かたて》に持ったままの、茶色い封筒《ふうとう》をチラ見する。給食費《きゅうしょくひ》を払《はら》っていない母ちゃん。

きっと学童保育《ほいく》の支払《しはら》いだって、苦しかったんじゃないだろうか。

紙の封筒《ふうとう》がずしりと重くなった気がして、散らかったテーブルの上に放り投げた。わざとのんん気そうな声を出す。

「ほんじゃ、家の仕事すんだら、買い物行くかぁ〜」

「行くっ！　あたしもお仕事手伝う！」

美波は急に生き生きとした顔になって、はねるように立ちあがった。

シャッシャッ　シャッシャッシャッシャ

うす暗い台所で、米をとぐ。おれの日課だ。母ちゃんは介護士《かいごし》で、たいてい帰りが遅《おそ》い。前に腰《こし》をひどく痛《いた》めてから、「正社員」から「パートさん」

に変わり、給料も時給になって、もともと少なかったボーナスもなくなった。
今でも腰《こし》がひどく痛《いた》んで、ときどき動けなくなる。けれど少し休んでよくなると、また仕事に出かけていく。たいてい昼ごろから出かけて、職場《しょくば》の老人ホームでまかないを食べてから、夜遅《よるおそ》く帰ってくる。いつもグッタリ疲《つか》れた顔をしていて、このごろは口数も少ない。

もしも母ちゃんが、父ちゃんみたいになったら……。そう考えるだけで背《せ》すじがヒヤッとするから、おれはがんばって家事を手伝うようにしている。

父ちゃんは、おれが二年のときに行方《ゆくえ》不明《ふめい》になった。ちょっと墓参《はかまい》りしてくる、と言って出かけたきり、ふっつりいなくなってしまった。警察《けいさつ》に行方《ゆくえ》不明者届《ふめいしゃとどけ》を出したけど、いまだに見つかっていない。

会社がつぶれたあと、次の仕事が見つからなくて、昼間っから酒ばかり飲んでいた。

「あの人は心が弱かったから」と母ちゃんは言うけれど、おれはこのごろ母ちゃんの心も弱っている気がしてしかたない。

米をといだら、洗濯物《せんたくもの》をとりこむ。風呂《ふろ》を洗《あら》って、美波とふたり分のおかずを買いに行く。

「お兄ちゃん、お兄ちゃん」

風呂場《ふろば》で美波が呼《よ》んでいる。

「なんだよ」

「今日はお風呂《ふろ》の水、かえてもいいの？」

「あー、いいよ。三日目だから」

風呂《ふろ》の水も節約のため、三日に一回しかかえない。といだ米の水加減《みずかげん》をして、炊飯器《すいはんき》のスイッチを入れてから風呂場《ふろば》に行く。美波は浴そうのふちに腕《うで》とあごをのせて、減《へ》っていく水をじいっと見つめていた。

「きったない」

空になった浴そうには、たまったアカや髪《かみ》の毛《け》がへばりついている。スポンジでこすってシャワーをかけた。なるたけ少しの水ですむよう、シャワーは五秒以内。

「さ、お兄ちゃん早く。早く買い物、行こ！」

風呂場《ふろば》から飛びだしてテーブルに駆《か》けよると、美波は白いあき箱に入れてある五百円玉をつまみあげた。母ちゃんが、仕事に出る前に置いていく、おかず代だ。

こいつと買い物に行くと、ろくなことがないんだけどな……。

買い物くらいしか楽しみがないんだから、しかたない。

「上着着ろよ。外は寒いから」

「わかってる！」

ふたりで夕暮《ゆうぐ》れの町に出た。

スーパーのお惣菜《そうざい》売り場で、おれは今日も腕組《うでぐ》みをする。この五百円で、美波とふたり分のおかずを買わなければいけない。

値引《ねび》きされた鳥のからあげを見つけた。カラリとあがったのが七つも入っていて、いかにもうまそうだ。けれど、三百九十円。ポケットから、使い古した電卓《でんたく》を出して計算すると、消費税込《しょうひぜいこ》み四百二十一円だ。母ちゃんは前に、「野菜も買えば」と言っていた。袋《ふくろ》に入ったカット野菜なら、簡単《かんたん》に食べられるけど百円くらいする。この鳥のからあげ買ったら、もう買えない。

「さあさあさあ、お買《か》い得《どく》ですよぉ。キュウリ一本三十五円。トマトは一個《こ》六十五円」

そうだ。キュウリにマヨネーズをつけて、そのまま食おう。三十五円のキュウリが二本で七十円。さっきの鳥のからあげ三百九十円。再《ふたた》び電卓《でんたく》を出す。合計四百六十円で、税込《ぜいこ》み……ほら、四百九十六円だ。

野菜売り場のほうに走ろうとすると、美波が「お兄ちゃーん」と甘《あま》えた声を出して寄《よ》ってきた。手に持っているのはチョコレートだ。

「これ、百円になってたよ。買って」

「ダメ」

そんなものは予算オーバーだ。

「だって、食べたいんだもん」

ミニチョコが、いくつも入ったビニール袋《ぶくろ》を抱《だ》きしめる。

「がまんしろ。今からキュウリ買うんだから」

「キュウリなんて、やだー」

大声でわがままを言いはじめた。こいつは母ちゃんの前ではいい子ぶるくせに、おれの前では駄々《だだ》っ子《こ》になる。

「キュウリなんかやめて、チョコのほう買おうよー」

美波は好《す》き嫌《きら》いが多くて少食のくせに、甘《あま》いお菓子《かし》は大好きだ。そして本当を言うと……、おれだってキュウリよりもチョコを食いたい。だんだん美波に押《お》されがちになる。

「けど、百円は高い。これ買えなくなる」

かごに入った鳥のからあげを見せても、

「じゃあそれ、もっと安いのに変えたら？」

美波は言いはってゆずらない。

結局おれはからあげを棚《たな》にもどし、安いハムカツを三枚《まい》、かごに入れた。美波が一枚《まい》でおれが二枚《まい》だ。さっきのチョコもかごに入れ、金がちょっと余《あま》ったので、照り焼きバーガー味の駄菓子《だがし》にも手が伸《の》びてしまった。

レジで金を払《はら》いながら、今日も変なメニューになっちゃったなあと思う。たぶんあんまり体によくない。野菜もないし、おかずが少ない分、ご飯で腹《はら》をふくらませるしかないし。

そのせいか、おれはこのごろ、ちょっと太ってきた気がする。たいてい朝《あさ》飯《めし》抜《ぬ》きだから一日二食なのに。昼前になると腹《はら》が減《へ》って腹《はら》が減《へ》って、給食を早食いしてお代わりするせいもあるんだろうか。

おとといは、「ふりかけご飯に特売コロッケとプリン」だった。「卵《たまご》かけご飯と焼きそばとカステラ」の日もあった。

「なーんか、貧乏《びんぼう》くせーなぁ」

レジの列に並《なら》びながらつぶやいたら、「うちは貧乏《びんぼう》なんかじゃない！」と、美波が言いかえしてきた。

「貧乏《びんぼう》な人っていうのはね、ご飯も食べられないんだよ。ガリガリにやせているんだよ」

ああ、あれだ。

美波の言う「貧乏《びんぼう》な人」というのは、この前のテレビ番組のことだ。おもしろい番組もなくて、飯《めし》を食いながらあちこちチャンネルを変えてたら、外国の子どもたちが映《うつ》ったのだ。うす汚《よご》れた服を着て、足元は裸足《はだし》で。

それは、「世界の貧困《ひんこん》」を取材した番組だった。自分の国から逃《に》げだし、難民《なんみん》キャンプで暮《く》らす人々。食料にする作物が実らず、カラカラの大地で飢《う》えに苦しむ人々。

そういうところの子どもたちは、さすがに太ってはいない。ほおがこけ、あばら骨《ぼね》が浮《う》きでていたりする。下着や髪《かみ》の毛《け》にはシラミがたかっている。水道もなく、汚《よご》れた水を飲んでいる。病気になってもちゃんとした治療《ちりょう》を受けられず、簡単《かんたん》に命を落とすのだ。

「世界の貧困者《ひんこんしゃ》たちは、一日二百円以下で暮《く》らしている。その数はいまだ、七億人以上」

陰気《いんき》な声でナレーションが入り、「二百円だって！　うちは貧乏《びんぼう》じゃないね」

美波は、ちょっとうれしそうな顔をした。

「だって、毎日スーパーで五百円も使ってるもん」

バカだな。五百円はふたり分だから、ひとり分は二百五十円だろと思いつつ、それは夕食のおかず代だけだと気がついた。それだけで二百円は超《こ》えている。

　そのほかに、母ちゃんが別に買っているもの……主食の米、しょう油やマヨネーズなんかの調味料、ペットボトルのお茶なんかの代金もある。払《はら》ってないけど、給食費《きゅうしょくひ》とか。

　食いものだけじゃない。こんなボロアパートでも家賃《やちん》はかかるし、電気代やガス代も必要だ。石けんやシャンプーや歯ブラシ。学校で使う文房具《ぶんぼうぐ》に洋服や靴《くつ》。まあ服や靴《くつ》なんかは、めったに買ってもらえないけれど。

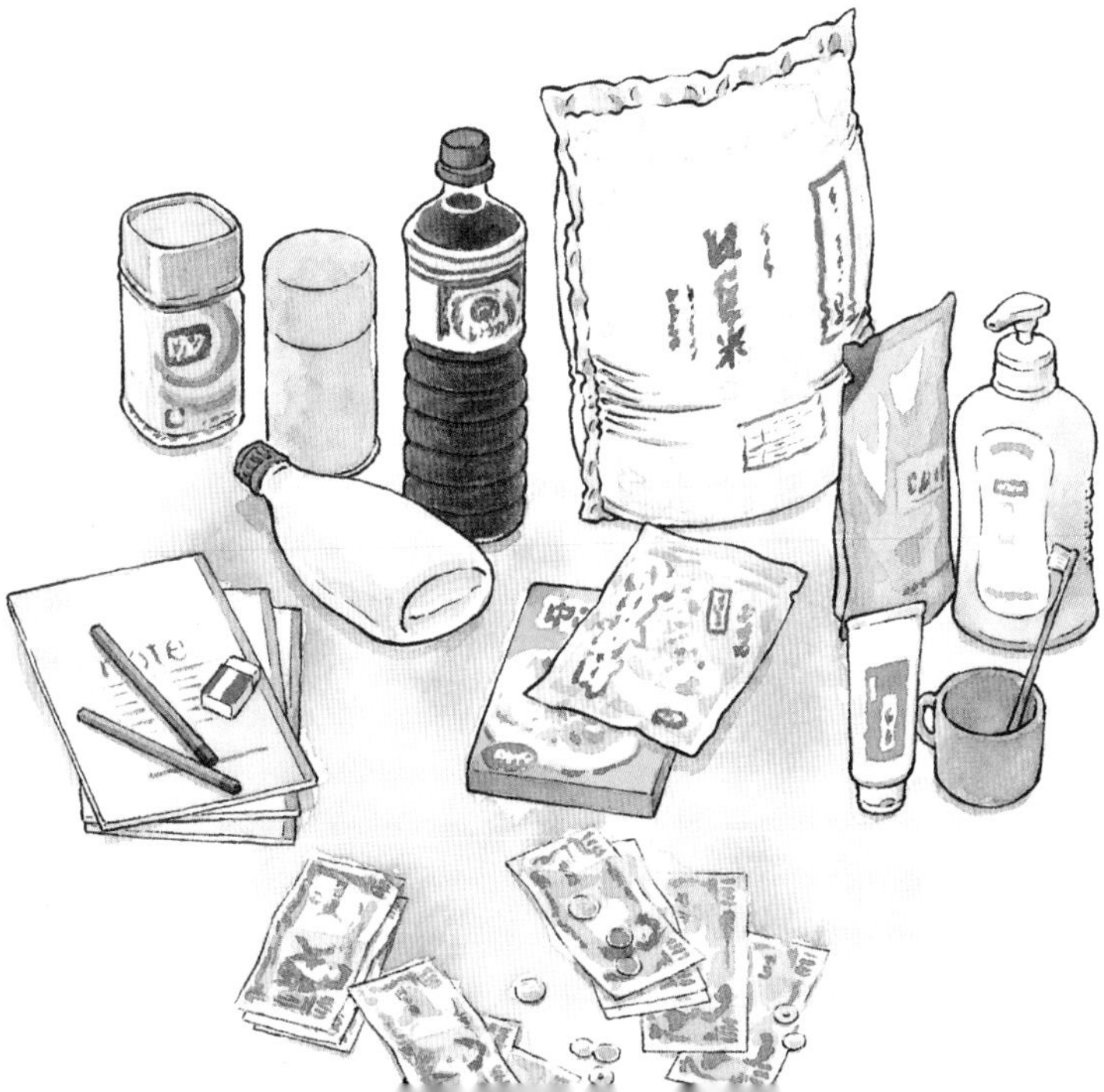

こんな節約生活でも全部足したら、二百円の何倍も金を使ってそうだった。

「学校にも行けないなんて、かわいそー」

あのとき美波が指さした画面には、大人に混《ま》じって働く子どもの姿《すがた》も映《うつ》っていた。勉強することも友だちと遊ぶこともできず、道ばたにしゃがんで物売りをしたり、歯を食いしばって材木を運んだりしていた。

年齢《ねんれい》ごとの子どもの死亡数《しぼうすう》の移《うつ》り変《か》わり

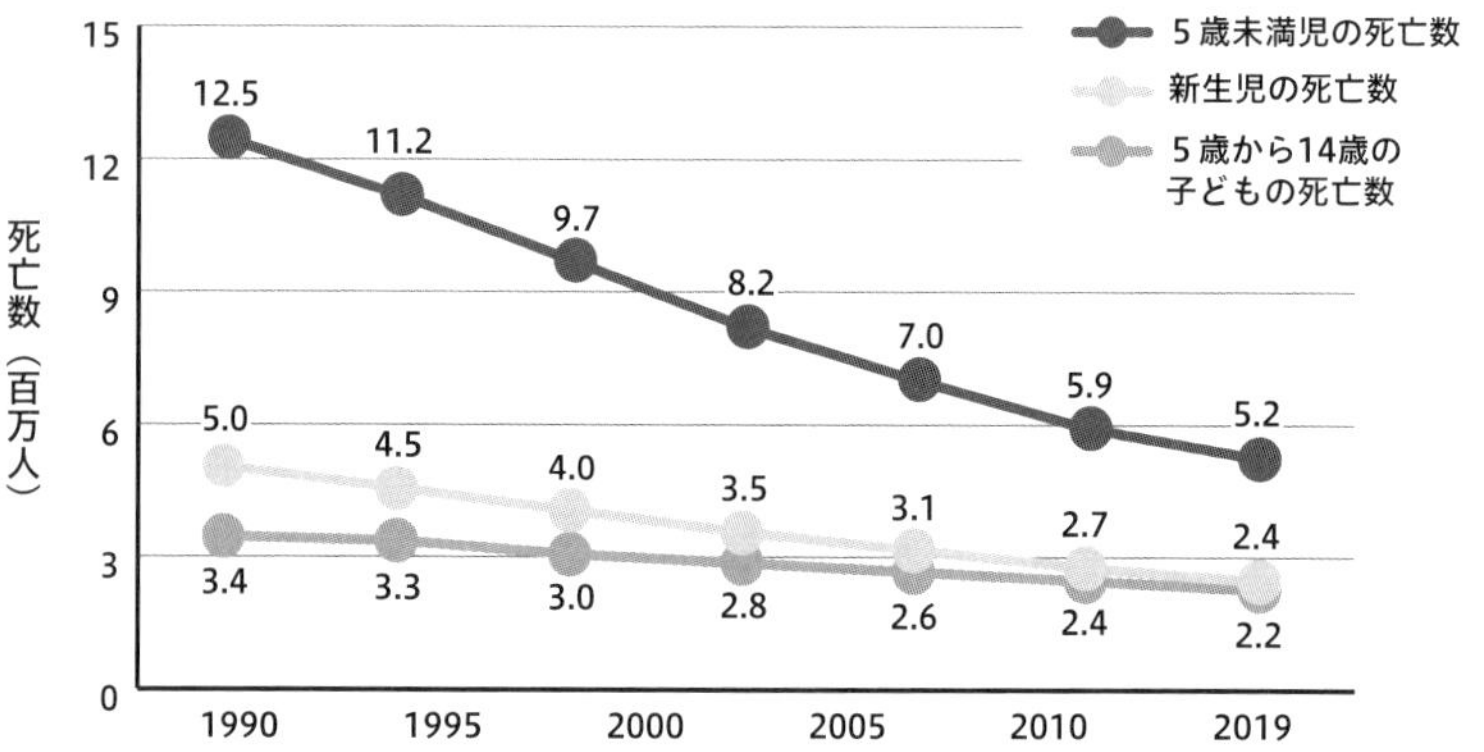

1990年から2019年にかけて、亡《な》くなる子どもの数は減《へ》っていますが、それでも2019年に、5歳未満の子どもが520万人も亡《な》くなっています。（ユニセフの調査結果）

あれが真の貧乏《びんぼう》なんですよと言われたら、確《たし》かにうちは貧乏《びんぼう》じゃない。レジをすませて、エコバッグに品物を移《うつ》しながら考える。こうしてハムカツもチョコも買える。白いご飯も食べられる。小学校にも通えるし、きれいな水も飲める。飢《う》えて病気になって、死んだりはしない。けれど、なんだかモヤモヤする。食べられて、学校に行けて、命さえあったらそれで幸せなんだろうか。幸せだって思えないおれが、いけないんだろうか。

スーパーを出て、すっかり暗くなった道を歩いていると、道沿《みちぞ》いのレストランに入っていく家族が目に入った。両親と幼《おさな》い姉妹《しまい》の四人連れだ。

「アタシ、今日誕生日《たんじょうび》だから、ケーキもいっぱい食べるぅ」

幼稚園《ようちえん》くらいの女の子が、父親とつないだ手をブンブンふりまわしながらはしゃいでいる。美波は無言で、その様子をじいっと見ていた。あさってはこいつも九つの誕生日《たんじょうび》だ。

けれど、なんにもしてやれない。あさっても、こうして五百円以内のおかずを買うだけだ。どうせ母ちゃん、仕事でいっぱいいっぱいで、こいつの誕《たん》

生日《じょうび》も忘《わす》れているだろうし……。

やめろ、考えるな。

またモヤモヤとした感情《かんじょう》が立ちこめてきたので、息を深く吸《す》いこんで、ふうっと吐《は》きだした。冷たい空気で胸《むね》の中が、少しすっきりしたような気がする。

考えたってしかたない。悩《なや》んだってしょうがない。

「お兄ちゃん、早く帰ろ」

美波もレストランから目をそらして、足を早めた。

今日は学校で「平和学習会」というのが開かれる。地域《ちいき》のお年寄《としよ》りを呼《よ》んで、昔の戦争の話を聞くのだ。

「正直、だるいな」

「暗い話とか、苦手なんだよねー」

体育館に体操座《たいそうずわ》りをさせられてザワザワしていたのが、先生に怒《おこ》られて静かになる。

つきそいの人といっしょに体育館に入ってきたのは、ずいぶん年をとったおばあさんだった。介添《かいぞ》えされながら、ゆっくりといすに腰《こし》かける。

「田原芳江《たはらよしえ》と申します」

ヨボヨボしているのに、声はよく通った。

「もう私《わたし》、八十七歳《さい》なのよぉ。いつのまにかこーんな、おばあさんになっちゃって」

笑うと顔中くちゃくちゃになって、かわいらしい雰囲気《ふんいき》になった。

「今日はみなさんに、戦争のときのことをお話しいたしますね。あのころは私《わたし》もまだ、小学生で……」

空襲《くうしゅう》の話でも始まるのかと思っていたら、内容《ないよう》は「当時の日常生活《にちじょうせいかつ》」のことだった。あちこちでこういう話をしているのか、田原さんはなかなかの話し上手だ。興味《きょうみ》なさそうだった人たちも、引きこまれて聞いている。

「使い終わったノートを捨《す》てるなんて、とんでもない。上から赤鉛筆《あかえんぴつ》で書いて、もう一度使うのよ」

「革《かわ》なんかないから、ランドセルは厚紙製《あつがみせい》。だいじに使ってたのに、梅雨《つゆ》の時分にブヨブヨにふやけちゃって。悲しくって泣きました」

「コロッケにはひき肉の代わりに、魚の内臓《ないぞう》や頭を刻《きざ》んで入れてたの。臭《くさ》くって、かじると中から魚の目玉が出てきたりして」

「そのうち、もっと食べ物がなくなってね。ひもじくてひもじくて、歯《は》みがき粉《こ》や、ちょっと味のついた胃薬《いぐすり》までなめました」

「ゲッ」とか、「かわいそう」とか声があがり、またザワザワしかけるのを先生が注意する。

最後は質問《しつもん》コーナーだった。ちがうクラスの女子がひとり、手をあげた。

「あのう、そういう生活って、つらくなかったたですか？」

「もちろん、つらかったわねえ」

田原さんがうなずいて答える。

「けれどね、当時はみんながそんな暮《く》らしだったから、なんとか耐《た》えられたと思うのよ。もしもみんながアイスクリームなめてるのに、私《わたし》だけ胃薬《いぐすり》なめてたら、もっとつらかったでしょうけどね」

そりゃ、みじめだよ。

誰《だれ》かが茶化したような声で言ったので、ちょっと笑いが起きた。先生がパンパン、と手をたたく。

「それでは、今日お話をしてくれた田原さんに、お礼を言いましょう。はい、全員立って！」

ありがとうございました。

それで平和学習会は終わりになった。

シャッシャッ　シャッシャッシャ

学校から帰って、いつものように米を
とぎながら、今日のことを思いだす。

シャッシャッ　シャッシャッシャ

みじめみじめ　みじめみじめみじめ

米がおれに向かって、そう言っている
気がする。

「もしもみんながアイスクリームなめてるのに、私《わたし》だけ胃《い》薬《ぐすり》なめてたら、もっとつらかったでしょうけどね」

田原さんは、そう言った。

アイスをなめてるのはほかのやつらで、胃《い》薬《ぐすり》をなめているのがおれなんじゃないか？

そう思ったら、いつも感じているモヤモヤが、よりいっそう真っ黒くなって心から吹《ふ》きだすような気がする。

やめろ、考えるな。

米をとぐ手に力をこめる。今日のおかずはなにを買おうか。なんてったって、今日は美波の誕生日《たんじょうび》なのだ。レストランだのケーキだのは無理だけど、なにか少し、豪華《ごうか》なものにできないだろうか。

そうだ、カレーにしようと思った。美波の好きな甘口《あまくち》のカレーだ。サラダも添《そ》えよう。誕生日《たんじょうび》くらい、栄養バランスのよいメニューにしてやりたい。そして、デザートにはちょっと豪華《ごうか》なスイーツ。なんとか五百円以内で買えますように……。

祈《いの》りながら、美波といっしょに洗濯物《せんたくもの》をとりいれてたたんだ。美波はいつもとちがって無口だった。だまったままふきげんそうに、手を動かしている。

誕生日《たんじょうび》なのに、どうせ祝ってもらえないと思ってむくれているんだろう。ようし、それなら無理してでも、必ず喜《よろこ》ぶ晩飯《ばんめし》にしてやるからな。

ふたりでいつものスーパーに行き、まずはレトルトカレーを探《さが》した。箱に入ったのは高いけど、入ってないのはけっこう安い。あっ、いちばん安いやつの甘口《あまくち》は、すでに売り切れだ。くそっ。二番目に安い、八十五円のやつをふたつ、かごに入

れる。
野菜売り場で特売のキュウリ一本、三十五円。見切り品コーナーで、六十円になったキャベツ半分もゲットした。これで給食みたいなサラダをたっぷりと作る。切るのは自信ないけれど、まあなんとかなるだろう。袋入《ふくろい》りカット野菜より、たくさん野菜を食えるはずだ。
最後はいよいよスイーツ！
牛乳《ぎゅうにゅう》の棚《たな》の横に、シュークリームやらゼリーやらのコーナーがある。

シュークリームは、ひとつ八十円だった。これにしようか。けれどいまいち、華《はな》やかさに欠けてる気がする。

ウロウロと行ったり来たりしていると、奥《おく》のほうにショートケーキが二個《こ》、パックに入ったものを見つけた。真っ白なクリームに包まれ、てっぺんにはイチゴがのっている。真っ赤なイチゴの上には、うっすらと雪のような粉砂糖《こなざとう》がかかっている。

けど、どうせ高いんだろ？

あきらめ半分で手にとると、二百九十八円の値札《ねふだ》に赤線が引かれて、百九十八円になっていた。あわてて電卓《でんたく》をとりだす。

カレーと野菜とケーキ、合わせて四百六十三円。消費税《しょうひぜい》を入れると……

ぴったり五百円じゃないか！　おれは買い物の天才だ。

「えー、いいの？」

美波が今日初めて、ぱあっと顔を輝《かがや》かせた。

「イチゴものってるよ。すごーい！　ちゃんとしたショートケーキだぁ」

「だって、誕生日《たんじょうび》だろ」

「うん」

照れくさそうにうなずく。

「美波はねえ、今日で九歳《さい》になったんだよ。お兄ちゃん、ちゃんと覚えてたんだね」

「おう」

レジをすませ、買ったものをエコバッグに入れた。最後にショートケーキをそっとのせると、バッグの中に、ポッと灯《あか》りがともったようだった。

家に帰って、キャベツを洗《あら》って刻《きざ》む。めったに使わない包丁はよく切れず、細く切るつもりが幅広《はばひろ》になってしまう。けれど四十分後、なんとか山盛《やまも》りのカットキャベツができあがった。額《ひたい》の汗《あせ》をぬぐいつつ、キュウリも切ってその上にのせる。美波がマヨネーズをグルグルとうず巻《ま》きにかけた。

お湯をわかして、レトルトカレーを温める。たきあがっていたご飯を皿に盛《も》って、熱いカレーをかける。最後にショートケーキを冷蔵庫《れいぞうこ》から出して、

テーブルの真ん中に置いた。

「いい感じじゃん」

ぷんぷんとカレーのいいにおいがして、サラダはたっぷりとあり、ケーキがめでたい雰囲気《ふんいき》を盛《も》りあげている。

「さ、食おうぜ」

働いて腹《はら》が減《へ》ってたから、さっそくガツガツ食いはじめた。食いながら美波を見ると、カレーをスプーンにほんのちょっとすくっては、なめるようにしている。蛇《へび》みたいに舌《した》をチロチロと出してはひっこめ、顔をしかめている。

「どした？　まずいの？」

ううん、と首を横にふる。

「じゃ、どんどん食えよ。変な食べ方しないで」

コクンとうなずくと、キュウリをフォークでつきさして、またほんのちょっぴりかじった。モグモグと口を動かすと、ほおを押《お》さえる。

「痛《いた》い」

顔が、ぐしゃっとゆがんだ。

「歯が……痛《いた》いよう」

せっかくのケーキを、美波は半分も食えなかった。カレーもほとんど残し、おれが必死に刻《きざ》んだキャベツは口にも入れなかった。

「ちょっと、見せてみろよ」

いやがるのを無理やり口を開けさせて見ると、美波の奥歯《おくば》はあちこち茶色く変色して穴《あな》があいていた。虫に食いつくされたように、なくなりかけている歯すらあった。

「おまえ、歯をみがいてなかったのか？」

美波は痛《いた》そうにほおを押《お》さえたまま、だまっている。そういえば、美波が歯をみがいている姿《すがた》、見たことない気がする。

おれは低学年のとき、ひどい虫歯になってめちゃくちゃ痛《いた》かったことがあって、それからはなるべく歯をみがくようにしている。けど美波の歯みがきのことまでは、気が回らなかった。

世帯の収入《しゅうにゅう》によって歯科にかける費用がちがうことを示《しめ》す折れ線グラフ

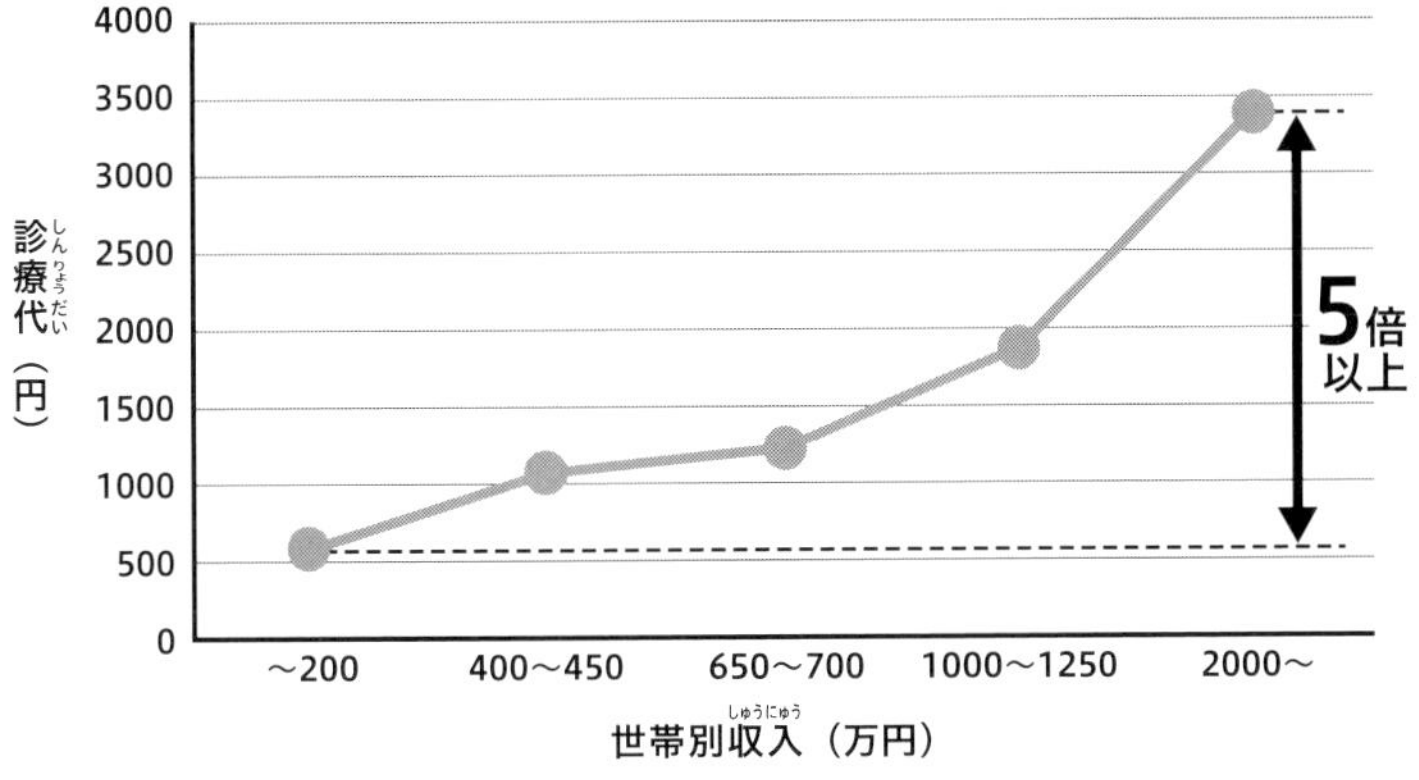

年収《ねんしゅう》200万円以下の世帯と2000万円を超《こ》える世帯では、支払《しはら》う金額が5倍もちがうことがわかります。（兵庫県保険医協会が、2004年の全国消費実態調査報告をもとに作成）

「なんで、そんなに痛《いた》くなるまで、ほっといたんだよ！」

つい責《せ》めるように言ってしまってから、これは美波のせいなのか？　と考えた。もう何か月も前だけど、春には学校で歯科健診《けんしん》があった。こんな虫歯、きっとそのときからあったにちがいない。学校から連絡《れんらく》も来るだろうに、どうして放置してたんだ？

「あした歯医者に連れてってもらおう」

そう言うと、美波ははげしく首を横にふった。

「やだ」

「やだじゃねーよ。痛《いた》いんだろ？」

「そのうちなおるよ」

「なおるわけねーだろっ。とにかく母ちゃんに言って……」

「言わないで！」

悲鳴のように美波が叫《さけ》んだ。

「おかーさんに言っちゃダメっ」

「なんで？」

「お金、かかるじゃん」

目に涙《なみだ》が盛《も》りあがった。

「歯医者さん、お金いるんでしょ？　お金かかると、おかーさん悲しい顔になるもん。もっと元気がなくなるもん」


水でぬらしたタオルでほおを冷やすと、美波の歯痛《はいた》は少しましになったみたいで、風呂《ふろ》にも入らず寝《ね》てしまった。残ったカレーとサラダとケーキを、ひとりで平らげる。大盛《おおも》りのキャベツが胃《い》の中でふくらんで、吐《は》きそうだ。

ガチャガチャと皿を洗《あら》っていると、玄関《げんかん》のドアが開いた気配がした。

「ただいま」

母ちゃんの声だ。いつもより、ずっと帰りが早い。

「今日は、ちょっと腰《こし》が痛《いた》くってね。早くあがらせてもらった」

か細い疲《つか》れきった声で言うと、片手《かたて》をかべにつきながら、ゆっくりゆっくり靴《くつ》を脱《ぬ》いでいる。足を引きずるようにして居間《いま》に入ってくると、買ってきたコンビニの袋《ふくろ》をテーブルに置いた。

いすにかけると痛《いた》そうに、しばらくじいっとしてたけど、袋《ふくろ》からおにぎり一個《こ》と缶《かん》チューハイをとりだした。プシュッと開けて、ごくりと飲む。

「いいのかよ」

思わずふきげんな声が出てしまった。

「え？」

「腰《こし》が痛《いた》いのに、酒なんか飲んで」

「あー。まあ、ちょっとだけだから」

またひと口、酒を飲む。部屋にはまだカレーのにおいが残っているはずだ。少し余《あま》ったキャベツも、見える位置に置いてある。

けれど、「今日はカレーだったの」とも、「キャベツ、自分で料理したんだ」とも言わない。ボンヤリした顔で、ただ座《すわ》っている。

「今日は、美波の誕生日《たんじょうび》って覚えてた？」

イラついて、つい言ってしまった。

「あ、そうだ。そうだったよね」

母ちゃんはうしろめたそうな顔になった。

「美波は？　美波はもう寝《ね》ちゃったの？」

「寝《ね》てる」

「そっか……」

缶《かん》チューハイを持ったままうつむいた。

「情《なさ》けないよね。娘《むすめ》の誕生日《たんじょうび》にプレゼントも用意してやれなくて。今日も早退《そうたい》しちゃったしなぁ。お母さん、ほら時給で働いてるから、休むとその分給料減《へ》っちゃうじゃん。わかってんのに、体が言うこと聞かなくて」

いちだんと暗い表情《ひょうじょう》になると、のどをのけぞらせてゴクゴクと酒を飲んだ。その姿《すがた》が、おれたちを置いていなくなった父ちゃんに重なった。

ひとりでがんばってるのに思うように金を稼《かせ》げなくて、母ちゃんは今、心も体もギリギリの崖《がけ》っぷちなんじゃないだろうか。あともうひと押《お》しで、ポロッと崖《がけ》から落ちてしまうんじゃないだろうか。

母ちゃんまでいなくなったら……。おれたちは、どうやって暮《く》らせばいいんだろ。美波とふたり、電気もつかなくなった部屋で、空っぽの米びつをのぞいている図が思《おも》い浮《う》かんだ。なにより、二回も親に見捨《みす》てられるなんて耐《た》

えられない。
「風呂《ふろ》わいてるよ。入って早く寝《ね》たら？」
おれは、できるだけやさしい声を出す。
結局、美波の歯のことは、ひとことも言えなかった。

次の日、帰ってくると美波は居間《いま》で、体を丸めて横になっていた。テレビもついてなくて、家の中はシーンとしている。

「おいっ」

肩《かた》をゆさぶると、ノロノロとおれを見あげた。片方《かたほう》のほおが、ぷくっと腫《は》れている。

「おまえ……、また歯が痛《いた》いんだろ」

「ううん」

「うそつけ！　ほっぺた腫《は》れてるじゃないか。ぜってー痛《いた》いだろ、それ」

「……痛《いた》い」

美波が半泣きの顔になった。

「痛《いた》いよう。歯が痛《いた》いよう」

おれは必死に考えた。考えたけど、答えはひとつしか出てこない。歯医者に連れていく。それしかない。

テーブルの上の箱には、今日も五百円玉が置いてある。とりあえずそれを握《にぎ》りしめると、引き出しから保険証《ほけんしょう》も探《さが》しだして家を出た。

前にかかったことがある歯医者は、商店街の八百屋《やおや》のとなりだったはずだ。けれど、その場所に行くと、新しいカフェになっていた。歯医者はなくなってしまったんだろうか。

「……痛《いた》い。もう歩けない」

美波がしゃがみこんだ。

「がんばれ。もうちょっとだから」

あせって周りをキョロキョロすると、横の路地の先に、「歯科」の看板《かんばん》が見えた。痛《いた》がるのを励《はげ》ましながら歩いていくと、ボロい二階建てのビルがあって、二階が焼き鳥屋、一階が歯科医院だ。知らない歯医者だけど、もう

ここでいい。

「小池《こいけ》歯科」と書かれた古いガラス扉《とびら》を開ける。中は思ったより広かったけど、ガランとしていた。奥《おく》のほうで中学生くらいの女の子がひとり、うつむいて雑誌《ざっし》を読んでいる。

「すみません」

受付に行って保険証《ほけんしょう》を出すと、「初めての方ですか？」と若《わか》いお姉さんが聞いてきた。

「あ、はい」

「ご予約はないですよね？」

「けど……すごく歯が痛《いた》くなって。うちの妹なんですけど」

「お父さんや、お母さんは？」

「お、お父さんはいなくて、お母さんは仕事で。それで、あのう……」

顔がかあっと燃《も》えるようだ。けれど、聞かなければならない。

「お金……、いくらくらいかかりますか？」

オズオズとたずねると、受付の人は「は？」という顔をした。

「ええっと……、ちょっと待ってね」

奥《おく》のほうにひっこんで、もどってこない。おれたちはしかたなく、色のはげかかった緑色のソファーに座《すわ》った。美波は片手《かたて》でほおを押《お》さえ、もう片方《かたほう》の手をぎゅっと握《にぎ》りしめて痛《いた》みに耐《た》えている。

ふいに診察室《しんさつしつ》のドアが開いて、「ありがとうございました」という声とともにおじいさんが出てきた。そのあとから、青い診察衣《しんさつい》にマスクをつけた女の人も出てきた。この人が歯医者さん？

その人はつかつか歩いてくると、おれたちの前にしゃがんだ。長めの髪《かみ》を、無造作《むぞうさ》にうしろで束ねている。ギョロッとした大きな目をしている。

「この子？」

美波を指さしたので、うなずく。

「ちょっと、先生に顔見せて。あーっ、腫《は》れてるね。こりゃ痛《いた》いわ。ねえ、ごめん。ちょっとこの子を先に診《み》てもいい？」

待っている中学生に声をかけている。

「さ、あっちで診《み》てもらいましょうね」

痛《いた》いのと恐怖《きょうふ》で顔をこわばらせた美波を、受付の人が診察室《しんさつしつ》に連れていく。

「お兄ちゃんは、これ書いて」

先生がおれに、「問診票《もんしんひょう》」と印刷された紙と、ボールペンを押《お》しつけてきた。

「住所とか名前とか、あとわかるとこだけでいいから。それから、お母さんの携帯《けいたい》番号は知ってるよね？」

治療《ちりょう》を受けて、美波の歯痛《はいた》は楽になったらしい。診察室《しんさつしつ》から先生といっしょに、しかめっ面《つら》で出てきたけれど、おれと目が合うとショロッと笑った。

「来週、また必ず来るんだよ。この子の治療《ちりょう》は、まだまだ終わんないよ！」

先生はぶっきらぼうに言うと、「お待たせしましたー」と、次の人に向かって手招《てまね》きをした。

「坂本さん。坂本美波さん」

受付の人が、おれたちを呼《よ》んでいる。ドキドキしながら立ちあがる。

「今日はとりあえず五百円なんだけど……、持ってる？」

「え、それだけでいいんすか？」

思わず聞きかえしてしまった。きっと足りないと思っていたから、その分をどうしようと緊張《きんちょう》していたんだ。

「うちの市はね、中学生までは一回五百円だけ頂《いただ》いてるの。くわしいことは、あとでお母さんにお知らせしますね」

心の底からホッとする。ずっと握《にぎ》りしめていたから、汗《あせ》でしめった五百円玉を渡《わた》し、「次のご予約」をとらされて外に出た。

「へんへーがね、今日は、ややややかいもろを食べてねって」

治療《ちりょう》のせいで、まだよく回らない口を動かして美波が言う。

「やわらかいものって、豆腐《とうふ》とかかな」

「おろーふなら、食べらえるー」

やれやれ。じゃあ今からスーパーに買いに行くか、と考えて気がついた。

金がない――。おかず代の五百円は、歯の治療代《ちりょうだい》に消えてしまった。

なにも買わずに帰って、米をといでご飯をたいた。水加減《みずかげん》を多くしたら、おいしいおかゆになると思ったのに、そうはならなかった。ベチョベチョのやわらかご飯だ。

「これだけ？」

美波が口をへの字にする。

「しかたないだろ。おかず買う金、使っちゃったんだから」

「やだ、こんなご飯だけなんて」

「わがまま言うなよっ」

美波はむっつりと、だまりこんでふりかけをかけると、スプーンに三ばいくらいいやそうに食べた。あとは残してテレビの前に座《すわ》ると、ふてくされた顔で画面を見ている。

おれはしかたなく、ふりかけをかけたり、しょう油をかけたりして、その
ご飯を食った。まずい。冷蔵庫《れいぞうこ》からマヨネーズをとりだして、しぼりかけて混《ま》ぜる。さらにぐちゃぐちゃネトネトして、気味の悪いご飯になった。

おれはなぜ、おかずなしで、こんな飯《めし》を食わなきゃならないんだろう。

無理やり飲み下すと、ご飯がドロドロした感情《かんじょう》と混《ま》ざって腹《はら》の底にたまっていく気がした。

歯医者に行っただけで、おかずが買えなくなるなんて。なんで、おれはこんな生活をしてるんだろう。なんでこんな苦労をしなきゃならないんだろう。

給食費《きゅうしょくひ》を催促《さいそく》する茶封筒《ちゃぶうとう》が、いまだに炊飯器《すいはんき》の横に放置されているのが目に入った。クラスメイトたちの会話が頭に浮《う》かぶ。

家族で温泉《おんせん》やキャンプに行った話。話題の映画《えいが》がおもしろかった話。飼《か》い犬《いぬ》の治療代《ちりょうだい》が、一回一万円もかかった話。塾《じゅく》とサッカークラブの両立が、たいへんだという話。

旅行も映画《えいが》も遠い世界だ。歯医者代の五百円でダメージを受け、憧《あこが》れている地域《ちいき》のサッカークラブにも、

永遠《えいえん》に入れない。ユニフォーム代や合宿代を払《はら》えるわけないから、校庭開放のときに無料でボールを蹴《け》るだけだ。

そうだ、この「差」がおれをみじめにするんだ――。

ネトネトしたご飯を、スプーンですくおうとして手を止めた。

周りのみんなが、あたりまえにできていることが、おれだけできない。

みんなは舗装道路《ほそうどうろ》を、真新しいスニーカーをはいて走っていく。おれはでこぼこの砂利道《じゃりみち》を、裸足《はだし》で走って追いかける。息を荒《あら》らげ、必死に走っても、差はどんどん開いていく。とてもじゃないけど追いつけない。

おれはやせてあばら骨《ぼね》も出ていなければ、学校に行って勉強もでき、きれいな水も飲める。よくおかずに買うコロッケには、魚の目玉じゃなくて、ひき肉が入っている。

けれど、「知らないよその国の人」や、「昔の戦時中の人」と比《くら》べて恵《めぐ》まれているからといって、それがなんなんだ。やっぱり同じ国で、同じ時代を生きている人たちと比《くら》べてしまうじゃないか。

毎日の暮《く》らしの中で、見せつけられる自分のみじめさ。ごまかしごまかし、なるべく見ないようにしているけれど、やっぱりおれんちは……。

「貧乏《びんぼう》だろ！」

思わず声に出てしまった。

「ぜってー、貧乏《びんぼう》だろ、これ！」

茶碗《ちゃわん》とスプーンを、乱暴《らんぼう》にテーブルに放りだす。美波がギョッとした顔で、こっちをふりかえった。

ガチャッと玄関《げんかん》が開く音がする。

母ちゃんだ。母ちゃんが帰ってきた。

「美波、歯が痛《いた》くなったんだって？　今から治療《ちりょう》しますよって、歯医者さん

経済協力開発機構《けいざいきょうりょくかいはつきこう》（OECD）加盟《かめい》34か国の子どもの貧困率《ひんこんりつ》

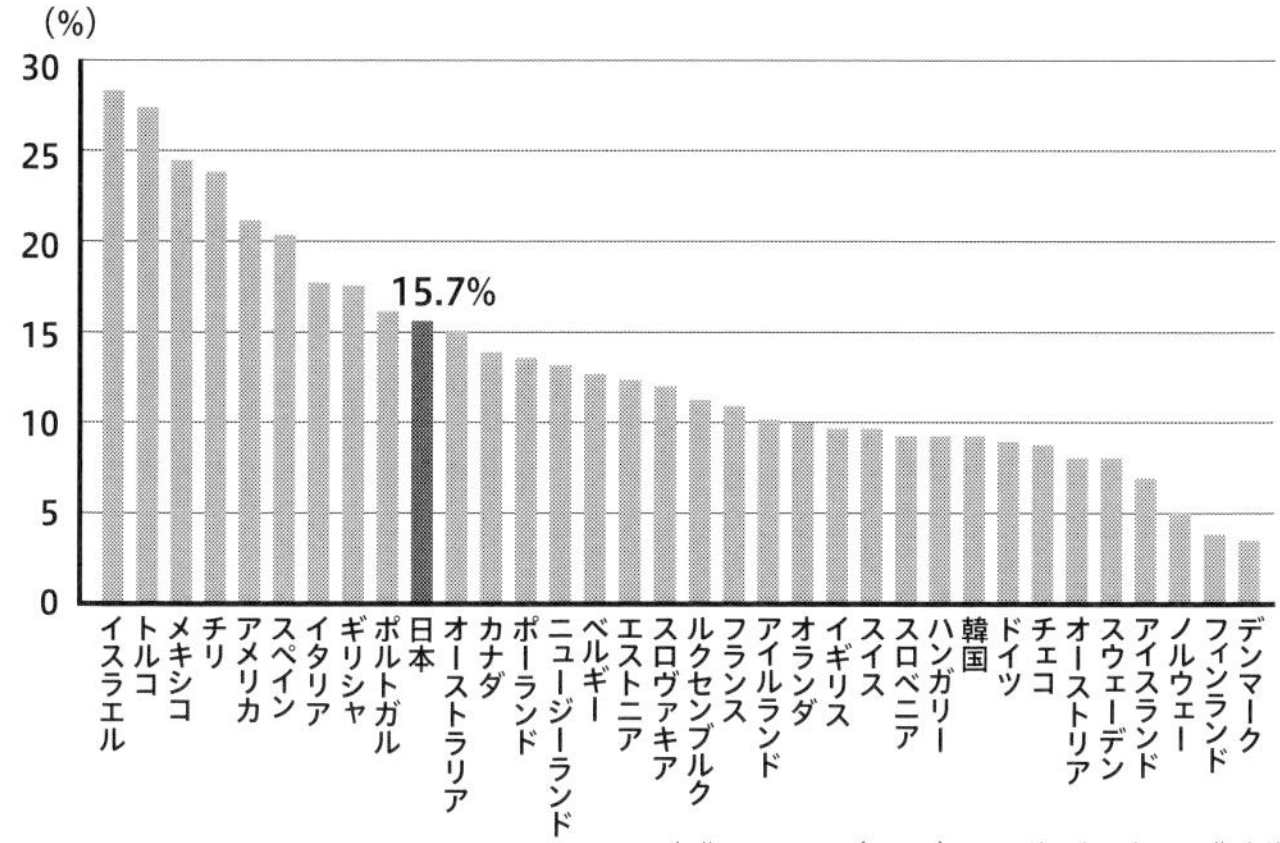

出典：OECD（2014）Family database“Child poverty”

2010年前後での各国の比較《ひかく》ですが、日本は2009年当時の数字が使われています。

貧困率《ひんこんりつ》の考え方

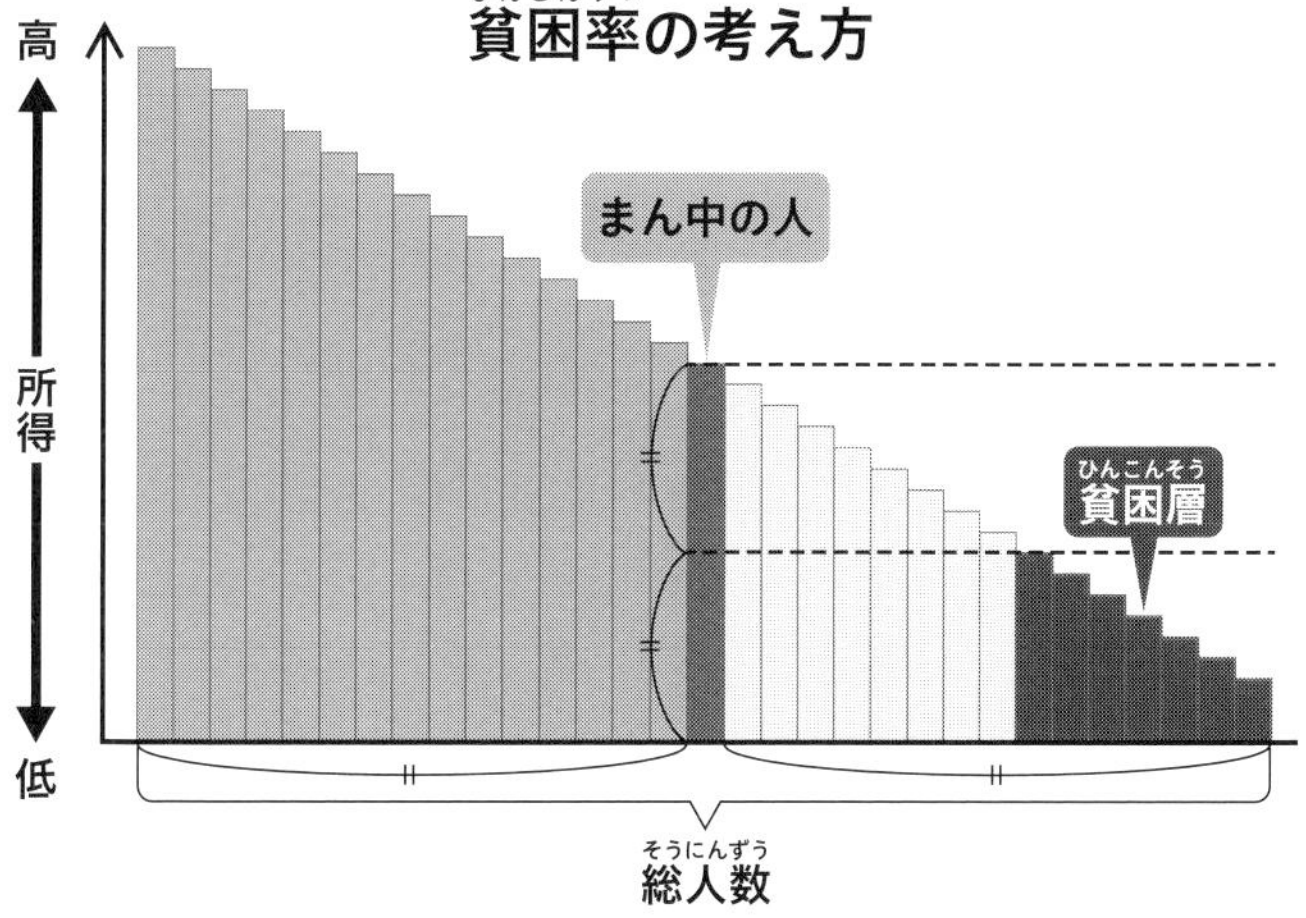

所得が国民の平均《へいきん》の半分に満たない世帯を「貧困層《ひんこんそう》」と考えます。厚生労働省《こうせいろうどうしょう》によると、日本は17歳以下の子どもの貧困率《ひんこんりつ》が13.5％で、７人に１人が貧困状態《ひんこんじょうたい》にあるという結果が出ています。（2019年の国民生活基礎調査の結果）

から電話かかってきて、びっくりしちゃった」

またひどく疲《つか》れたような声で、腰《こし》をかばいながら居間《いま》に入ってくる。

「どう？　まだ痛《いた》む？」

「ううん」

頭をブンブン横にふり、「だいじょうぶー」と、美波はおりこうさんな笑《え》顔《がお》になった。

「もう、なんともないよ」

「そうなんだ。よかったー」

よかった、じゃねえだろ。おれは叫《さけ》びだしたくなる。

あんた、親だろ？　美波がひどい虫歯になってることも気づかずに。学校から来てるはずの歯科健診《けんしん》の結果も、ちゃんと見てなかったのか？

「……歯医者さんがさ、治療《ちりょう》、まだまだ終わらないって。また来週も来るようにって」

思いっきりふきげんな声で言ってにらみつけると、母ちゃんはおびえたように目を泳がせた。

「治療代《ちりょうだい》に五百円かかったからな。来週もきっと、そんだけかかるからな。おかず代とは別に置いてってくれよ。歯医者行くたんびにこんな飯《めし》とか、おれ、やだからな！」

嫌味《いやみ》たらしくテーブルを指さす。

母ちゃんはオズオズと、おかずのない食卓《しょくたく》を見るとうなだれた。

「……ごめんね」

蚊《か》の鳴くような声で言うと、じいっとだまったまま立ちつくしている。そのうち、グスグスと鼻をすすりあげはじめた。やめろよ、泣くのは。こんなところで泣くなんて、大人のくせに卑怯《ひきょう》じゃないか。

「おかーさん、泣いちゃやだぁ」

案の定、美波が駆《か》けよってきて母ちゃんの腰《こし》に抱《だ》きつくと、キッとおれをにらんだ。

「おかーさんを、いじめないで！」

「ううん、お兄ちゃんはいじめてなんかないよ。お母さんがいけないいんだから」

バッグをとりあげて財布《さいふ》をとりだすと、中をゴソゴソさぐって五百円玉をつまみあげた。

「さ、これでなにか買ってきて。スーパー、まだ開いてるから」

まだ鼻をグスグスさせながら、コインを惜《お》しそうに差しだしてくる。蛍光《けいこう》灯《とう》の光の下で、それは鈍《にぶ》い銀色に光っていた。

この小さな物体のせいで、なんでこんなにいやな思いをしなきゃならないんだろう。

けれど、おれの負けだ。いつも勝つのは金のほうだ。お金よりもたいせつなものがあります、とか言われるけれど、きれいな言葉じゃ腹《はら》はふくれない。なんにも買えない。

無言でコインをひったくる。玄関《げんかん》ドアを開けると、アパートの階段《かいだん》を駆《か》け下《お》りた。

スーパーで売れ残りの鳥のからあげと、トンカツを買った。美波に豆腐《とうふ》を買ってやらなきゃと思ったけどやめた。「いいお兄ちゃん」なんて、もうたくさんだ。なんとかしなきゃ、がんばらなきゃと思ってきたけど、そんな気もなくなった。

歩きながら、からあげとトンカツを手づかみでムシャムシャ食った。冷たい肉の味が口いっぱいに広がっていく。うまい。けど空《むな》しい。野良犬《のらいぬ》になってしまった気がする。

ひとりで全部食って、ゴミを道ばたに投《な》げ捨《す》てた。帰る気になれなくて夜道を商店街のほうにぶらぶら歩くと、消えそうに細いお月さまが出ている。おれんちみたいだと思った。

横のビルで、一階の灯《あか》りがふっと消えた。中から女の人が出てくるとシャッターを下ろしている。

あ、歯医者さんだと気がついた。いつのまにか、「小池歯科」の前まで来ていたらしい。

ボンヤリ見ていると、歯医者の先生はこちらをふりかえった。暗がりをすかすように目を細めて、「あ、あんた」とおれを指さす。

「今日、うちに来た子だよね？」

なんだか悪いことでも見つけられたような気持ちになって、早足で立ち去ろうとすると、先生は追いかけてきた。

「待って！」

おれの肩《かた》をうしろから、ガッとつかむ。

「さっき治療費《ちりょうひ》のことで、お母さんにもう一回電話したんだけど、出なかったんだよね。ちょうどよかった。来週も妹さん、必ず連れといでよ。お金とか心配ないからさ」

無言でその手をふりはらう。さらに心が冷えていく。お金とか心配ないからさ？　問題のある貧乏《びんぼう》な家の子どもだと、きっと哀《あわ》れまれている。

「……どうせ、うち、貧乏《びんぼう》なんで」

卑屈《ひくつ》な声が出た。

「どうせ、毎週通うとか無理なんで」

「はぁ？」

先生が、ギョロッとした大きな目でにらみつけてきた。

「あんた今、『どうせ』って言ったね？」

「…………」

「どうせって言うな！」

いきなりどなられた。

「その言葉が、心をボロボロにするんだよ。あたしは歯医者だから、そうやって、どうせどうせって言いながら、心も歯もボロボロにしちゃった人間をいっぱい見てきた。あんた、妹さんをそんな大人にしちゃっていいの？」

グッと言葉につまる。そんなこと望むはずがない。けれど、おれにどうしろってんだ。おれは子どもで、なんの力もない。金も稼《かせ》げない。

「……知らねーよ！」

先生を押《お》しのけると、全力で走りだす。

「あたし、しつこいんだよね！」

うしろから先生の声が追いかけてきた。

「来なかったら、また電話するから。来るまで何べんでも電話するから。あんたの母ちゃんにも、そう言っときな！」

翌日《よくじつ》。

学校なんて行きたくない気持ちだったけど、給食を食べられないのは困《こま》るので、しかたなく行った。

食ったあとの昼休み、ドッジボールに誘《さそ》われたけど、気が乗らずに断《ことわ》った。ひとりで、廊下《ろうか》の窓《まど》から校庭を見おろす。

追っかけっこをしている低学年。藤棚《ふじだな》のところで、笑いあっている女子たち。

幸せそうだ――。みんなみんな、幸せそうだ。

「ねえ」

ふいに声をかけられてふりかえると、背《せ》の高い女子が立っていた。

あ、こいつ、同じ学年の女子じゃないか？　そうだ、平和学習会で最後に質問《しつもん》をしていたやつだ。同じクラスになったことないから名前も知らないけ

ど、名札を見ると
「中村《なかむら》」と書いてあった。
「あのう、きのう歯医者さんに
いたよね?」
「え?」
「わたし、あのときいたの。
奥《おく》のソファーに」

うろたえる。血が逆流《ぎゃくりゅう》するようだ。うつむいて、雑誌《ざっし》を読んでいた女子の姿《すがた》を思いだした。あのときは長い髪《かみ》が顔にかかって、大人っぽくも見えて、てっきり中学生だと思ってた。まさか同じ学年のやつだったなんて。

じゃあ、あれを見られてたのか？　金がいくらかかるか心配で、オドオドたずねていたおれの姿《すがた》を。

「受付で、お金のこと聞いてたよね？」

恥《は》ずかしさでいたたまれない。頭の中が燃《も》えるようだ。こいつ、見たことをみんなにしゃべるつもりじゃないだろうな。もしそんなことしやがったら……。

凶暴《きょうぼう》な気持ちすらこみあげてきたとき、

「わたしは、ただで診《み》てもらってるよ」

とてもまじめな顔で、中村さんは言った。

「だから妹さんも、もしかしたらただでいいかもと思って」

同情《どうじょう》もさげすんだ色も、なにもなかった。ただ、事実を話しているといった調子だった。

「ただ？　なんで？」

「ヒトリオヤカテーイリョーヒジョセイセイドで、無料になるから」

「ヒト……、なにそれ？」

聞いてみると、それは「ひとり親家庭」で収入《しゅうにゅう》が少ない家の子どもの「医療費《いりょうひ》」を「助成《じょせい》」。つまり、助けてあげますよという制度《せいど》らしい。

「わたしんち、ひとり親で、いろいろたいへんで。だからそれ使って無料なの。ごめん、おせっかいだったかな、こんなこと言って」

おれはまじまじと、中村さんを見つめてしまった。こいつのうちも生活が厳《きび》しいのか？　確《たし》かに紺色《こんいろ》のセーターにはちょっと毛玉がついていて、袖《そで》もやや短くなっているけれど。

しばらく沈黙《ちんもく》が流れた。気まずそうに立ち去ろうとする中村さんに向かって、思いきって言ってみた。

「おれんちも、ひとり親。そんでもって、ビンボー」

ビンボー、という言葉を、なるたけおどけた感じで発音する。

それでもドキドキした。言っちまったぜ、と思った。

「ふうん」

「だから教えてもらって助かった。サンキュー」

「そっか。よかった」

またしばらく沈黙《ちんもく》したあと、中村さんはためらいがちにポツンと言った。

「……いやだったなあ」

「え？」

「平和学習会のとき、わたし思わず質問《しつもん》しちゃったのね。『つらくなかったですか？』って」

「あー、聞いてた」

「そしたら、あのおばあさん言ったじゃない。みんながアイスなめてるのに、自分だけ胃薬《いぐすり》なめてるのはつらい、みたいなこと。あれ、グサッと来ちゃった。それ、うちのことって」

「わかる」

思わず、大きくうなずいてしまった。

「昔はみんなで胃薬《いぐすり》なめてたかもだけど、今はそうじゃないしな。アイスなめてるやつらばっかり」

「ばっかり、ってこともないのかもだけど」

中村さんが首をかしげる。

「だって言わないでしょ。うちは貧乏《びんぼう》で、ひどい生活してるんですなんて。わたしだって言わない。だって、みじめな気持ちになるもの。今だって、ものすごく勇気出して声かけたんだよ。だから、きっとほかにもいるんじゃないかな。そういう子」

そっか――。みょうに納得《なっとく》してしまった。

言わないよな。おれだって今まで、誰《だれ》にも言ったことなかった。

先進諸国《せんしんしょこく》の中で日本の生活保護利用率《せいかつほごりようりつ》はとても低い

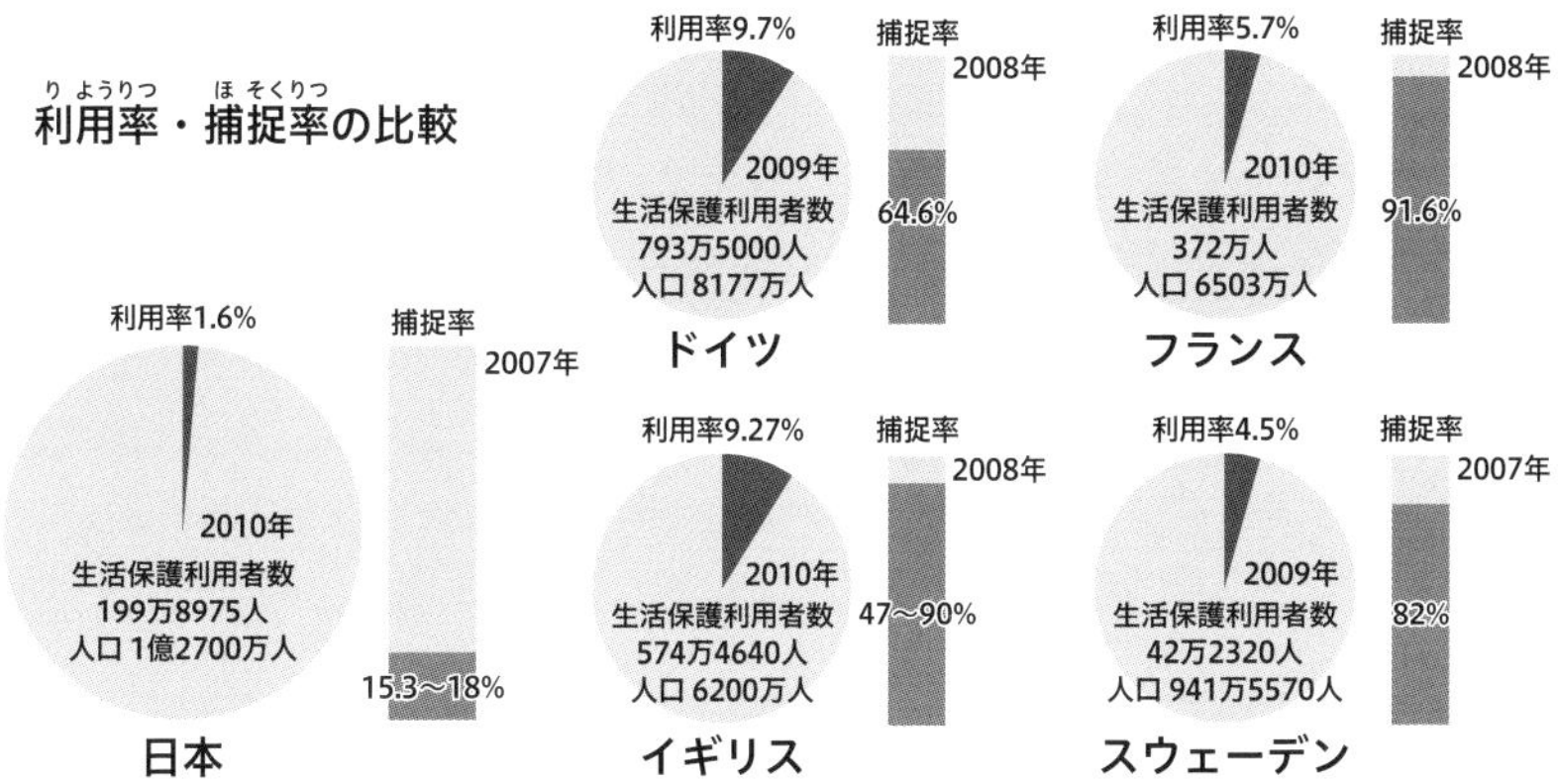

生活保護《せいかつほご》を利用している人は人口のわずか1.6%。「捕捉率《ほそくりつ》」とは、生活保護を利用する資格がある人のうち、実際《じっさい》に制度《せいど》を利用している人の割合《わりあい》です。いずれも際立《きわだ》って低いことがわかります。（『生活保護「改革」ここが焦点だ！』あけび書房　生活保護問題対策全国会議【監修】より。日本弁護士連合会のパンフレットをもとに作成）

また校庭を見おろす。あいかわらず、歓声《かんせい》や笑い声が響《ひび》いてくる。誰《だれ》もボロボロの服なんか着てないし、裸足《はだし》でもない。やせこけてもいない。

けれど、あの中にもいるんだろうか。人に言えないつらさを、だまって耐《た》えているやつらが。ここから見ただけじゃわからないし、どのくらいいるのかもわからないけれど。

「……貧乏《びんぼう》って、どうしたらいいんだろうな」

途方《とほう》に暮《く》れてつぶやいた。
「どうすればいいんだろうね」
となりで中村さんも、窓《まど》ガラスに顔をつけるようにして外を見ている。冬の弱い日差しを浴びて、髪《かみ》が金茶色に光って見える。
「……お金ないと、いろいろあきらめなきゃだしね。うちのお姉ちゃん、今高二なんだけど、高校出たらすぐに働いて家にお金を入れるって言うのね。でもわたし、お姉ちゃんが勉強好きなの知ってるから、なんか悔《くや》しくて」

ガラスが中村さんの息で、小さく白く曇《くも》った。それを見ていたら、悲しさとやるせなさがこみあげてきた。

金のある家に生まれたら当たり。ない家に生まれたらはずれ。結局そういうことなのか？

引いた覚えもないそんなくじ引きで、人生が決まってしまうって、なんなんだ？

「小池先生は、奨学金《しょうがくきん》を借りて大学に行ったらしいけどね。今もそのお金を返し続けてて、たいへんみたい」

両親の年収《ねんしゅう》によって高校卒業後の進路がちがってくることを示《しめ》すグラフ

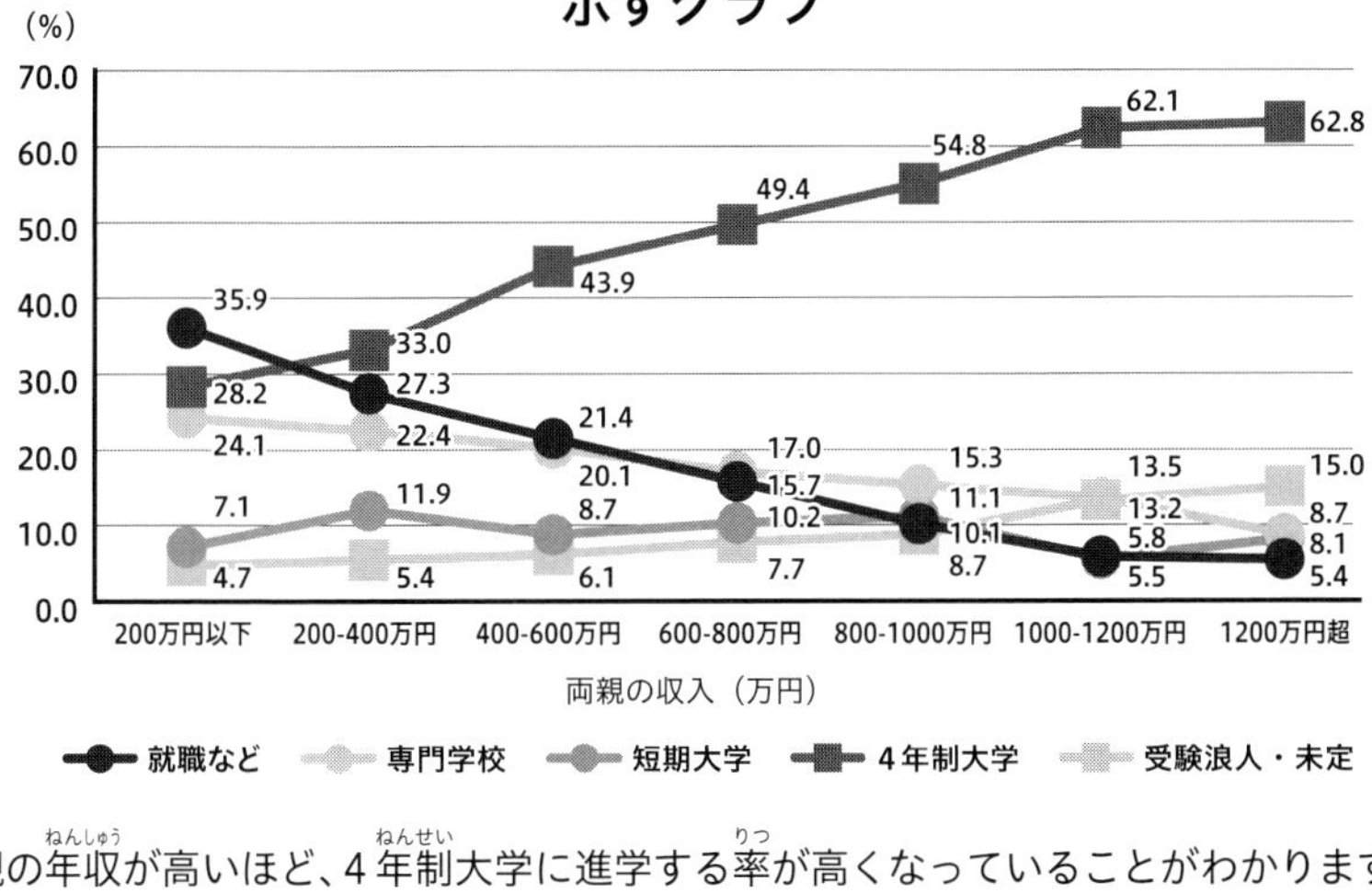

親の年収《ねんしゅう》が高いほど、4年制《ねんせい》大学に進学する率《りつ》が高くなっていることがわかります。

（東京大学大学院教育学研究科 大学経営・政策研究センターが2009年7月に発表）

「ああ、あの歯医者さんのこと？」

「うん。うちはずっとあそこにかかってるんだけど、お母さんが言ってた。小池先生って、苦労人なんだって。いろいろ苦労して歯医者さんになったんだって。わたし、あの先生好きだな。口は悪いし、『どうせ』って言うとすごく怒《おこ》るけど」

「あー」

きのうの晩《ばん》のことを思いだした。ほんとにすげー怒《おこ》るよな。ぎゃんぎゃんどなっていたあの声が、まだ耳の奥《おく》に残っている。

とりあえず、また来週も美波をあそこに連れていこうと思った。古びたガラス扉《とびら》や、はげかかった緑のソファーが目に浮《う》かぶ。

無料になるなんて知らなかったし。

それなら安心して治療《ちりょう》に通えるし。

ひょっとして――。
ひょっとしたら、ほかにも助けてもらえることがあるかもしれない。
給食費《きゅうしょくひ》とか、学童保育代《ほいくだい》だとか。
今度行ったら聞いてみようか。
「どうせって言うな！」と、あの先生は言ったから。

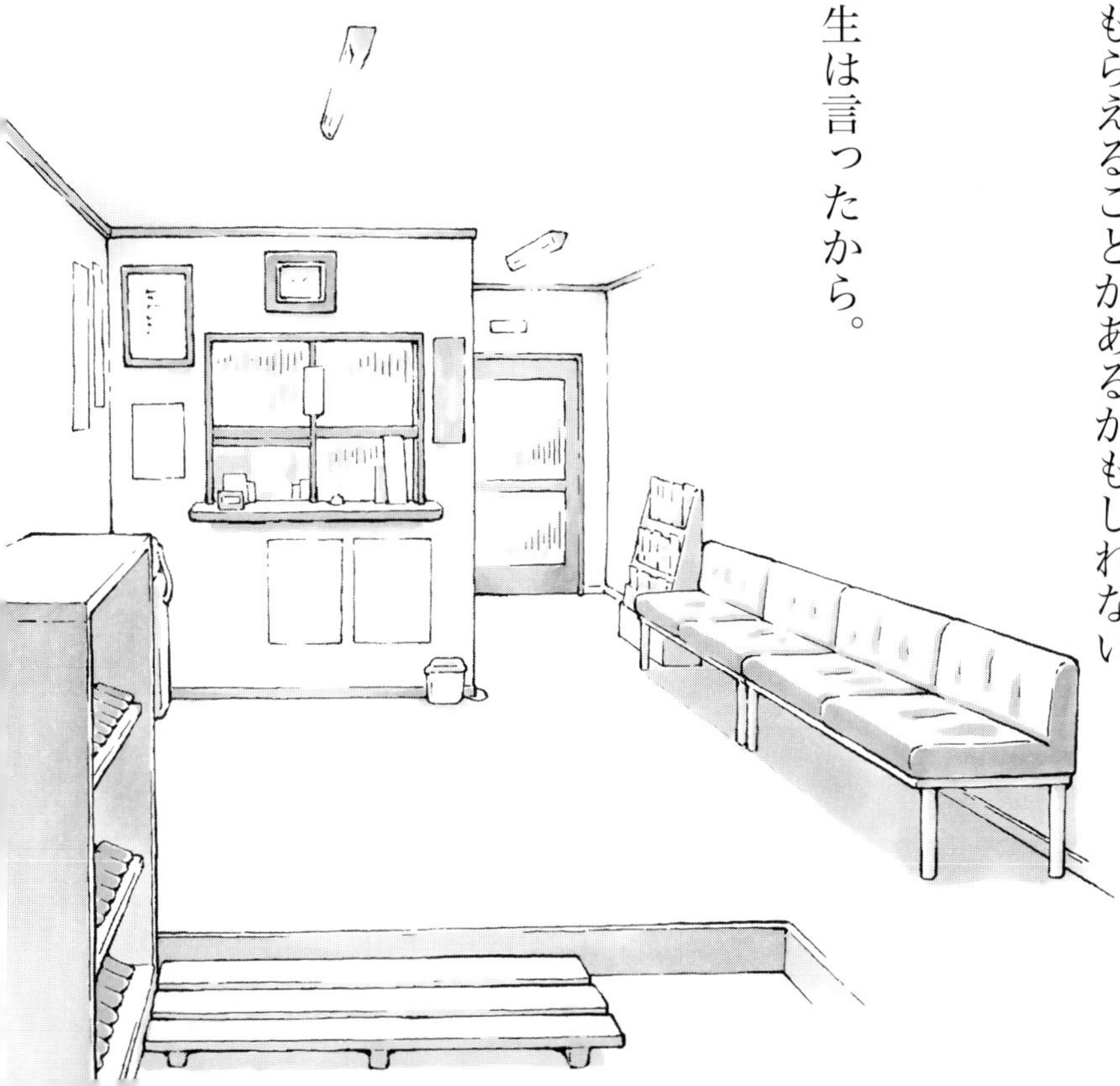

SDGs《エスディージーズ》(Sustainable《サステナブル》 Development《デベロプメント》 Goals《ゴールズ》= 持続《じぞく》可能《かのう》な開発目標)とは、世界中の国々、企業《きぎょう》、人々が、あらゆる垣根《かきね》を越《こ》えて協力し、よりよい未来をつくるために国連で決まった17の目標（ゴール）のことです。この17のゴールには、それを実現《じつげん》するためのより具体的な目標である「ターゲット」が全部で169設定《せってい》されています。ここでは、それぞれのゴールのおもなターゲットを紹介《しょうかい》しながら、世界が直面している問題を考えます。

1.1 2030年までに、1日1.90ドル（2020年11月現在の日本円の価値《かち》で約200円）未満で生活する「極度の貧困《ひんこん》」をなくす。

1.2 2030年までに、「生きるための栄養を十分にとることができない」「学校に入る年齢《ねんれい》なのに教育を受けられない」など、あらゆるかたちの貧しさの中で生きる、すべての年齢《ねんれい》の男性、女性、子どもの割合《わりあい》を半分にする。

1.3 それぞれの国が、貧《まず》しさに苦しむ人々を救《すく》うための制度《せいど》を整えたり、対策《たいさく》を行ったりして、2030年までに貧《まず》しい人たち、子どもや高齢者《こうれいしゃ》、なんらかの理由で働けなくなった人、障《しょう》がいのある人など弱い立場の人たちを十分に保護《ほご》するという目標を達成する。

1.5 2030年までに、貧《まず》しい人たち、弱い立場の人たちが、大きな台風や地震《じしん》などの自然現象《しぜんげんしょう》や、社会をゆるがすような経済状態《けいざいじょうたい》の変化などによって受ける被害《ひがい》を小さくしていく。それと同時に、貧《まず》しい人たちがそうした災害《さいがい》などによって生活環境《せいかつかんきょう》に大きなダメージを受けてしまったとしても、その後、彼らが生活を立て直していけるような強さを身につけられるようにしていく。

＊総務省《そうむしょう》による訳《やく》を基《もと》に、表現《ひょうげん》をやさしく改め、また、わかりやすく補《おぎな》いました。

1 貧困を なくそう

解説《かいせつ》　おはなしSDGs《エスディージーズ》

貧困《ひんこん》をなくそう

サハラ砂漠《さばく》より南に集中する「極度の貧困《ひんこん》」

ターゲット 1.1 に書かれている「極度の貧困《ひんこん》」とは、1 日 1.90 ドル未満で暮《く》らす生活状態《せいかつじょうたい》を指しています。想像《そうぞう》してみてください。食べ物だけではありません。衣・食・住、そのすべてを 1 日 200 円未満でまかなわなければならない、ということです。世界銀行の統計《とうけい》によれば、こうした状態《じょうたい》にいる人々が世界に約 7 億 3600 万人（2020 年現在）、つまり世界の人口の 1 割《わり》もいるとされています。下の地図を見ると、この「極度の貧困《ひんこん》」にある人々は、アフリカのサハラ砂漠より南の地域《ちいき》や南アジアに集中していることがわかります。

世界の貧困《ひんこん》の状況《じょうきょう》

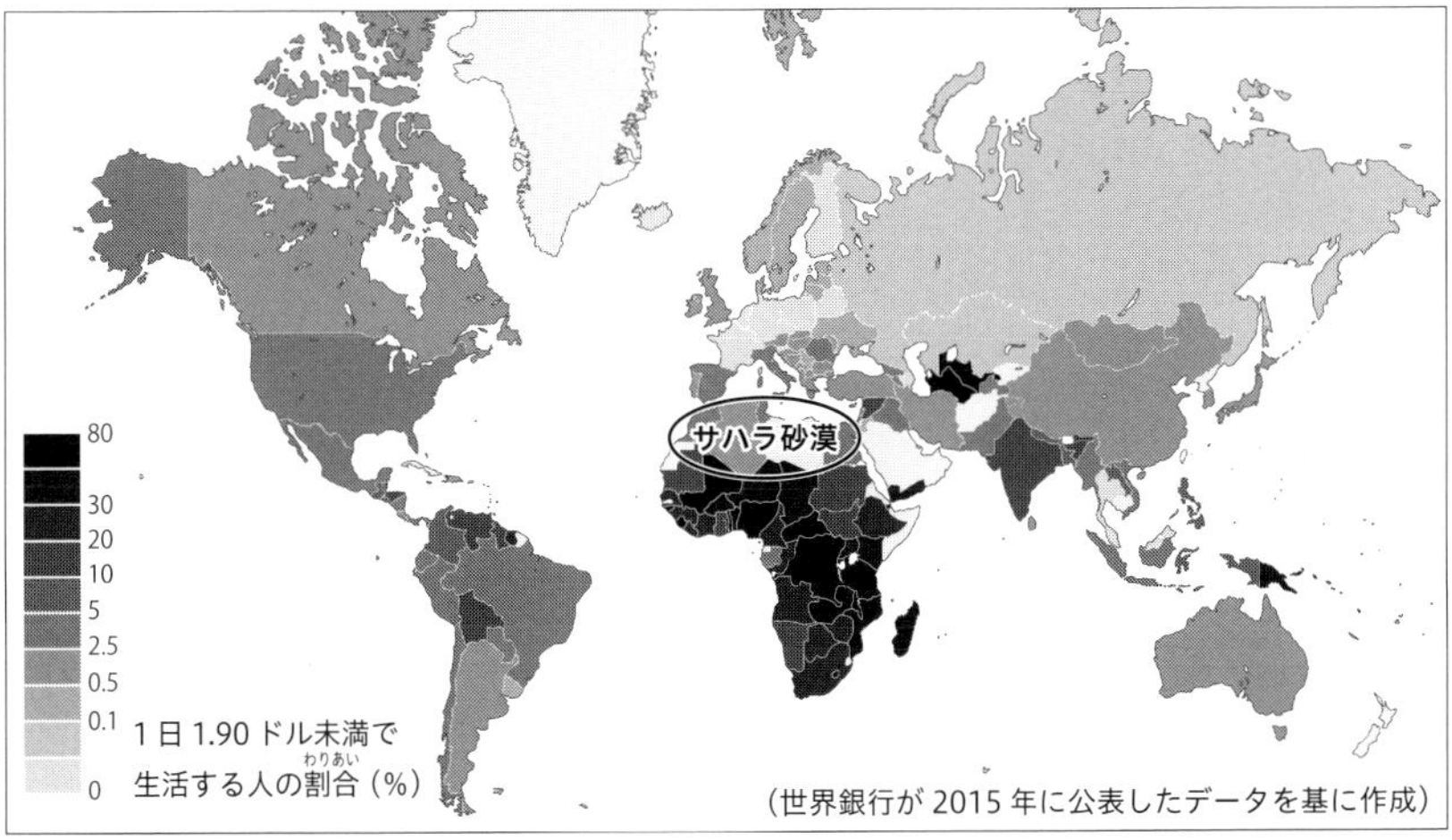

（世界銀行が 2015 年に公表したデータを基に作成）

日本だって「貧《まず》しさ」は他人事《ひとごと》ではない

ターゲット1.2は、年齢《ねんれい》や性別《せいべつ》にかかわらず、あらゆる人々の貧困《ひんこん》を半分にすることが目的です。先ほど「極度の貧困《ひんこん》」にある人々の話をしましたが、そのうち約半数にあたる3億5600万人が、18歳《さい》未満の子どもだといいます（ユニセフ＝国連児童基金《こくれんじどうききん》などの調査《ちょうさ》)。そんなの遠い国の話だと考えている人はいませんか？　日本も貧困《ひんこん》と無縁《むえん》というわけではありません。厚生労働省《こうせいろうどうしょう》は2015年、国民1人が1年間に手に入れるお金（所得《しょとく》）の中央値《ちゅうおうち》の半分、年間122万円の所得《しょとく》があるかどうかを「貧困《ひんこん》ライン」と設定《せってい》し、それを下回る世帯を調べた結果、日本の貧困率《ひんこんりつ》は15.6％、子どもの7人に1人が貧困状態《ひんこんじょうたい》にあると発表しました。

貧《まず》しさは連鎖《れんさ》する

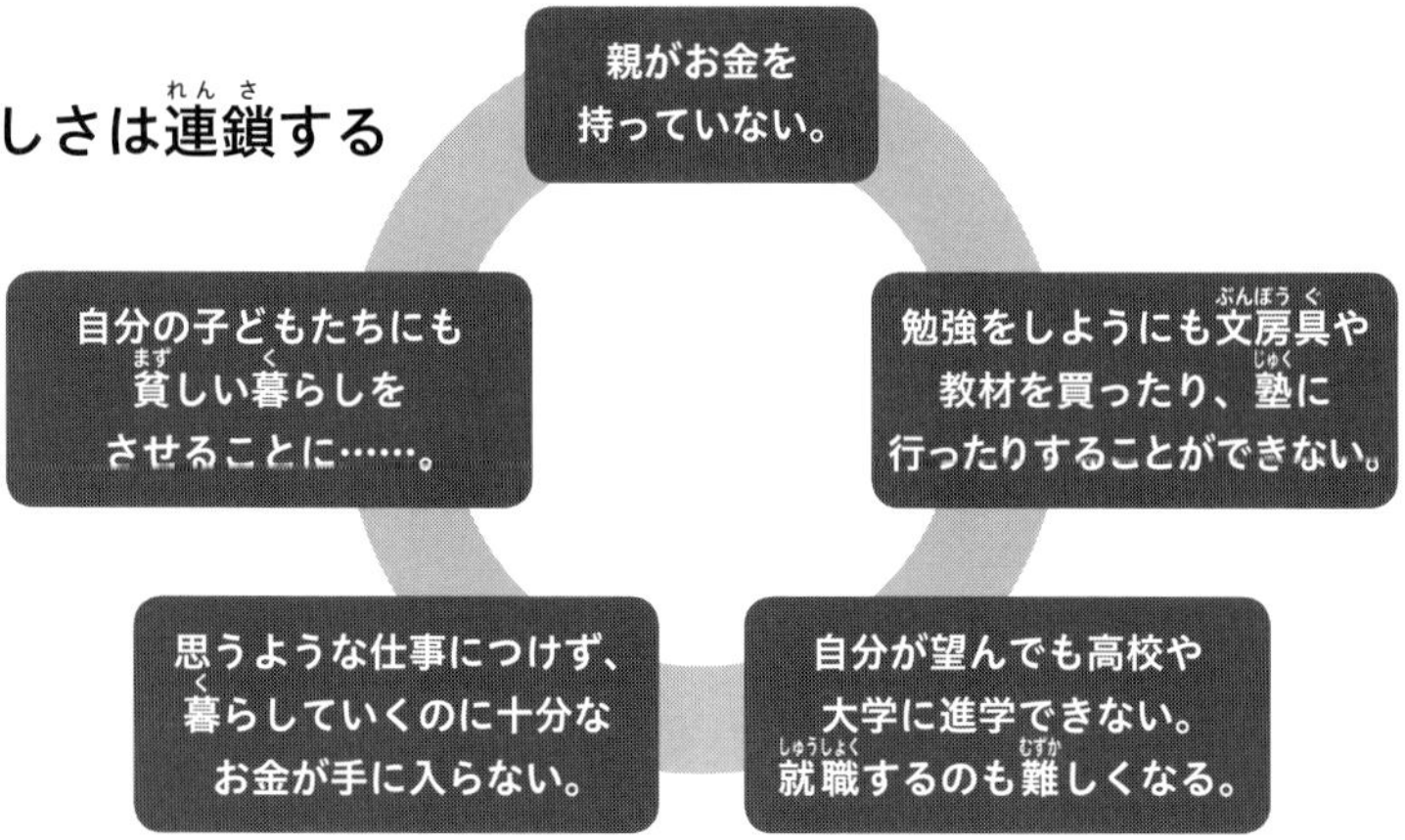
親がお金を持っていない。
勉強をしようにも文房具《ぶんぼうぐ》や教材を買ったり、塾《じゅく》に行ったりすることができない。
自分が望んでも高校や大学に進学できない。就職《しゅうしょく》するのも難《むずか》しくなる。
思うような仕事につけず、暮《く》らしていくのに十分なお金が手に入らない。
自分の子どもたちにも貧《まず》しい暮《く》らしをさせることに……。

では、貧困《ひんこん》をなくすためには？

日本政府《にほんせいふ》は「経済《けいざい》」「教育」「生活」「就労《しゅうろう》」の４つの面で貧困家庭《ひんこんかてい》を支《ささ》える取り組みをしています。学校で使う学用品が行《い》き渡《わた》るようにしたり、けがや病気をしたときの医療費《いりょうひ》を免除《めんじょ》したりといった支援《しえん》です。民間でも、貧《まず》しい人たちに食事をふるまう「子ども食堂」や、品質に問題がないのにパッケージが汚れただけで処分《しょぶん》されてしまう食品を提供《ていきょう》する「フードバンク」などの取り組みがひろがりつつあります。

しかし、何より大事なのは、だれかが貧《まず》しい状態《じょうたい》にあることを、まるで悪いことであるかのように見て差別したりしない心の持ち方です。そうした目がさまたげとなって、国や民間の支援《しえん》を受けたくないという心理が働いてしまいます。また、ユニセフの調査《ちょうさ》では、新型《しんがた》コロナウイルスの感染拡大《かんせんかくだい》により、世界中で貧困《ひんこん》にあえぐ人々の数は増《ふ》えているといいます。「貧《まず》しさ」は、けっして他人事《ひとごと》ではないのです。

フードバンク事業のシステム

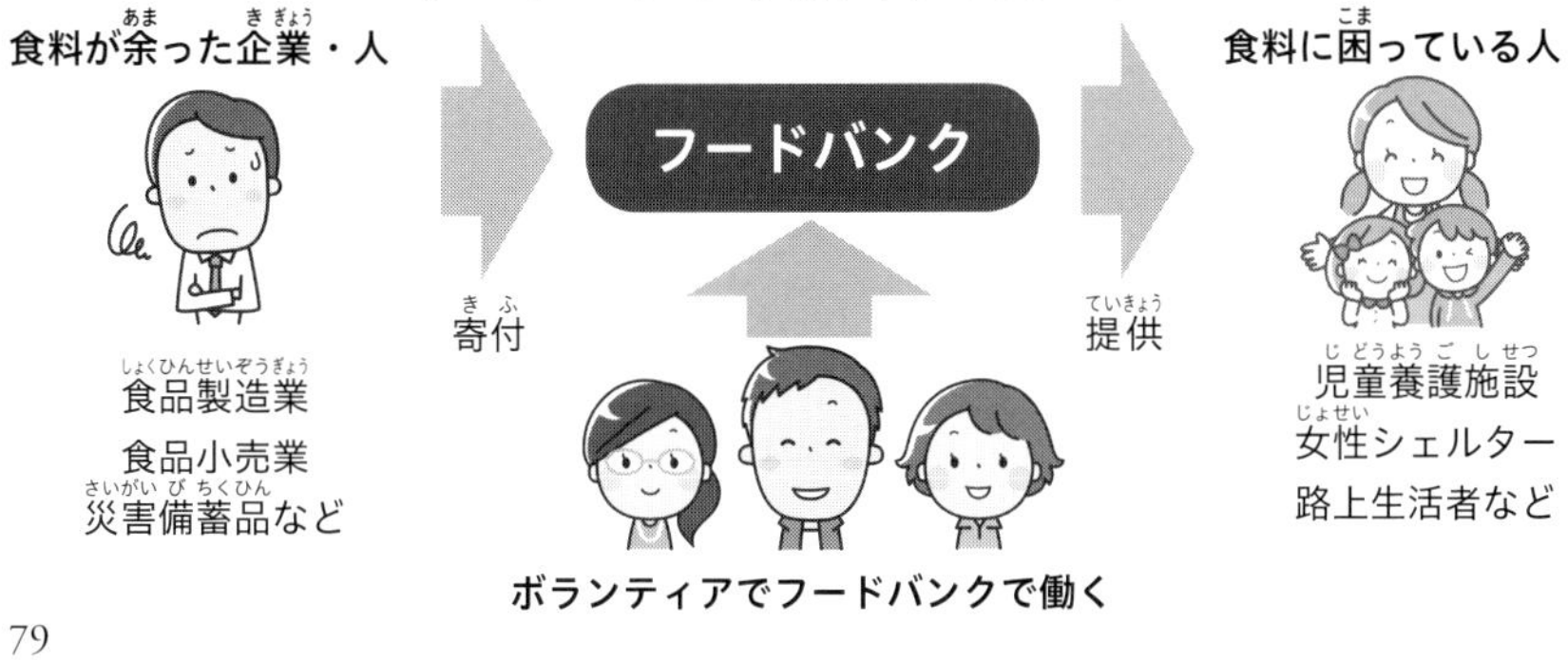

安田夏菜｜やすだ かな

兵庫県西宮市生まれ。大阪教育大学卒業。「あしたも、さんかく」で第54回講談社児童文学新人賞に佳作入選（出版にあたり『あしたも、さんかく　毎日が落語日和』と改題）。第５回上方落語台本募集で入賞した創作落語が、天満天神繁昌亭にて口演される。『むこう岸』（講談社）で第59回日本児童文学者協会賞受賞、貧困ジャーナリズム大賞2019特別賞受賞、国際推薦児童図書目録「ホワイト・レイブンズ」選定。ほかの著書に、『ケロニャンヌ』『レイさんといた夏』『おしごとのおはなし　お笑い芸人　なんでやねーん！』（以上、講談社）、『あの日とおなじ空』（文研出版）などがある。日本児童文学者協会会員。

黒須高嶺｜くろす たかね

埼玉県生まれ。2008年からイラストレーターとして活動をはじめ、児童書、学習参考書などにイラストを提供している。装画・挿絵を担当した書籍に、『日本国憲法の誕生』（岩崎書店）、『パイロットのたまご』『ガリガリ君ができるまで』（ともに講談社）、「あぐり☆サイエンスクラブ」シリーズ（新日本出版社）、『最後のオオカミ』（文研出版）、『秘密基地のつくりかた教えます』（ポプラ社）、『ぼかりの木』（学研プラス）、「なみきビブリオバトル・ストーリー」シリーズ（さ・え・ら書房）、『ふたりのカミサウルス』（あかね書房）など多数ある。

おはなしSDGs《エスディージーズ》　貧困《ひんこん》をなくそう

みんなはアイスをなめている

2020年12月15日　第１刷発行
2024年 7月24日　第５刷発行

作　安《やす》田《だ》夏《か》菜《な》
絵　黒《くろ》須《す》高《たか》嶺《ね》

発行者　森田浩章
発行所　株式会社講談社
〒112-8001 東京都文京区音羽 2-12-21
電話　編集 03-5395-3535
　　　販売 03-5395-3625
　　　業務 03-5395-3615
印刷所　共同印刷株式会社
製本所　島田製本株式会社

KODANSHA

N.D.C.913 79p 22cm ISBN978-4-06-521620-0

ブックデザイン／脇田明日香　コラム／編集部